JN117197

人の一生の考察

本田健一

HONDA Kenichi

文芸社

1

作家が名作を書いたり、画家が名画を描いたり、作曲家が名曲を作ったりして、それを一般人が読んだり、見たり、聞いたりして感動することは、その人の人格形成に大いに役に立つと思われます。また、名作を読んだり名画を見たり、名曲を聞いたりして感動することは、人類の進歩発展に大いに役に立つと思われますから、文学者や芸術家はそれぞれの分野で励んでもらいたいです。

がんを治す方法を見つけたり、がんを治す薬を作ったり、今まで治らなかった病気を治したりして長生き出来ることは、人類の進歩発展に大いに寄与することだと思います。

人生の目的は人類の進歩発展に役に立つことです。

文学者なら名作を残したり、画家は名画を残したり、作曲家は名曲を残したり、医学者はがんを治したり、難病を治したりして、人類が出来るだけ長生き出来ることが人生の目的だと思います。

2

『クイズプレゼンバラエティー Qさま!!』というクイズ番組で、世界の音楽家を1位から15位まであげるという企画をやっていました。

第1位に選ばれたのは「ベートーヴェン」でした。彼の功績は音楽を芸術にまで高めた功績です。

第2位はビートルズで、ポップスの礎(いしずえ)を築きました。

3位はワーグナーで、4位はモーツァルト。彼はフランス革命をあと押ししました。

5位はショスタコーヴィチで、6位は世阿弥(ぜあみ)。日本の能を創作しました。

7位は音楽の父と呼ばれているバッハです。20人の子供がいたとされます。

8位はショパン。ポーランド出身でピアノの詩人と言われています。

9位は瀧廉太郎。『荒城の月』を作曲しました。23歳で若死にしています。

10位はハイドン、11位はエルガーで、イギリスの第2の国歌とよばれる『威風堂々』が有名です。

12位は伊福部昭で、クラシックを日本的にアレンジした人です。『ゴジラのテーマ』を作曲しました。

13位は山田耕筰。日本に初めてヨーロッパ音楽を持ち込んだ人で、日本人で初めてシンフォニーを作曲しました。『赤とんぼ』、『この道』、『待ちぼうけ』などを作曲しました。

14位はシューベルトで、歌曲を芸術の域まで高めた功績があります。『魔王』など100曲近く作曲しました。

15位はボブ・ディランで、フォークの神様といわれています。『風に吹かれて』という曲が有名です。音楽に文学を持ち込んだ人です。

ゴジラは何の言葉がくっついて出来た言葉だと思いますか。クジラとゴリラです。

レコード、CDの売り上げ枚数の1位は誰だと思いますか。マイケル・ジャクソンです。

第2位はビートルズです。

シンギング・アンド・プレイングを訳すと何だと思いますか。ひきがたりです。

3

私の姉について話します。

姉は小中学生の時から本を読むのが好きで、読解力がついたのでしょう、国語の成績では断トツで良かったです。数学などの成績は良くなかったです。

私は中学の時理科の先生から習っていて数学の成績がすごく良く、国語の成績が悪かったので、私と姉とは対照的な成績でした。

4月になって新しい国語のテキストをもらうと、姉は私に国語の新テキストを見せてといって、教科書に載っている小説や話などをすぐに読んでいました。

その姉が結婚後、本を全く読まなくなりました。ただ朝日新聞だけをすみからすみまで読んで満足しているようです。学生時代の国語の学力が良かったのを活用することもない点、もったいないなと思います。

私が高2か高3の時、私が数学の成績が良くなかったことを姉は聞いたのでしょう、獅子文六の『大番』という本を図書館から借りてくれと姉は私に頼みました。それとなく数学の家庭教師についたらいいと思ったのでしょうが、姉の努力は実を結ばなくて、私は一応他の数学の先生についたのですが、成績は今一つという所でした。

姉は私の国語の成績が悪い点をなおす勉強法を教えてくれませんでした。

私の担任の国語の先生も、国語の成績が良くなる勉強法を指導してくれませんでした。

4

いかに少ない時間、勉強をして、より効率のいい成果というか、いい成績をあげられるかが問題だと思います。

いい勉強法というか、より少ない勉強時間でいい成績をあげられる勉強法は、先生が生徒に指導していくべきだと思います。

一番いい勉強法は、先生が生徒に教えることだと思います。

多くの時間勉強をして成績があがらないという無駄を生まないためにも、効率がいい最良の勉強法を、先生が生徒に指導していくのが一番いいと思います。

一番理想的な勉強法は、アインシュタインが子供時代に勉強した勉強法だと思われます。相対性理論の発見というすごい成果につながっているのですから。

日本人なら、中高時代に効率的に勉強をして、東大に現役で入ることができる勉強法が、望ましい勉強法だと思われます。

いくらいい勉強法をしていい成績をとっても、その後科学上での新しい発見といった何らかの成果をあげなければ、何にもなりませんが。

5

私の父は大正3年生まれで、昭和2年か3年頃に本田家に養子に入りました。前名前は平井です。

どうして本田家に養子に入ったか、父が亡くなる時にも私達に一切話さなかったのでわかりません。

多分経済的な理由じゃないかと思っています。

父は平井家の次男です。三男ではありません。父は東京に住み、長野県には山登りでよく行っていたらしいです。

山男です。結婚後はピタリと山登りをやめました。流行歌で『山男の歌』があり、「山で吹かれりゃよ 若後家さんだよ」というように、山で遭難するのを極力避けたようです。

母は長野市に住んでいて父は山登り時に長野市に来て母と結婚したようです。

私は昭和22年1月22日生まれで、すごく珍しい日に生まれたのに、今まで他人に言及されたことはありません。

当時は食糧難で、私たち4人兄弟の食べ物を用意するのが大変でした。父が働いていたおかげです。

父が勤めていた会社は大手製鉄会社で当時業界2位の富士製鉄でした。社長は永野重雄さんで、20年か30年の間社長でした。東大卒なので、採用する人も東大卒が多くて、高卒の父は肩身の狭い思いをしたと思います。

永野さんは柔道をするので、子供時代柔道をしていた父も誘われましたが、やりませんでした。

永野さんは退職金を何億円か何十億円かもらっているはずです。高額の退職金も使わないで亡くなったんじゃないかと思います。

6

父は若い頃文学青年だったみたいです。家には日本文学全集はありますが、世界文学全集はありません。井上靖とか谷崎潤一郎とか島崎藤村の本がありました。昭和のベストセラーの本もありました。

また、父の趣味が美術なので家に何万円もするような美術の本がありました。私が小学生の頃に1度父と絵を見に行った記憶があります。

家族の中で、クラシック音楽ファンは私一人だけです。父、母、姉、弟の五人ともファンでなくレコードはありませんでした。

私は北大生の時に、さびしさからラジオで名曲を聞いて、それからレコードを買うようになりました。

私の高校の友人二人ともクラシックファンで、私以上にクラシック音楽のことを詳しく知っています。

私の姉は文学少女でした。当時、少女文学ばっかり読んでいると父に姉が指摘されていました。

父は女の子が欲しかったらしいですが、姉で半分は満たされたんじゃないかと思われます。

7

『ららら♪クラシック』という番組で、三人の作曲家について、ピアニストの清塚(きよづか)信也さんが解説していました。

ベートーヴェンには20人も親密になった女の人がいたそうです。40歳の時、テレーゼという女の人に『エリーゼのために』というロマンティックな曲を書いています。

アルペジオを使った曲で、同じフレーズが2〜3回続きます。

ピアノソナタ『月光』も同じです。

ベートーヴェンは、貴族になりたいというコンプレックスを持っていたそうです。

ショパンはマリアという恋人に『別れのワルツ』という曲をささげています。楽しいワルツの曲が、さびしさをあらわしています。この曲はワルツをくずしにかかっている曲です。

メンデルスゾーンは、4歳上の姉と〝禁断の愛〟と言われています。

ユダヤ人の家に生まれ、仲がよいという姉弟の愛をあらわしている言葉です。

『無言歌』という曲は、二人共通する同じアイデアがあらわされています。

清塚さんは、目をつぶって弾いています。

メンデルスゾーンは38歳で早死にしていますが、姉も41歳で急死しています。姉と弟とほぼ同じ時期に早死にしているのは、心にひっかかります。

名古屋のきんさんぎんさん姉妹も、一方が亡くなると後を追うようにしてもう一方の人もすぐ亡くなり、仲が良かったのを思い出しました。

8

アインシュタインが子供の時、落ちていたクギを拾ってポケットに入れるといういいことをしたのに、先生に皆の前で非難めいたことを言われました。そしてアインシュタインは父に言いました。ユダヤ人はどうしてすごくいじめられるのかと。それに対して父は、くやしいか、くやしかったら勉強をして、皆から尊敬される偉い学者になればもういじめられないと。アインシュタインも偉いですが、父の方がもっと偉いです。

沈黙は金、雄弁は銀といいますが、父の言葉、雄弁は金以上の値打ちがあります。父の雄弁は、ダイヤモンドくらいにすごく価値のある事です。

「沈黙は金、雄弁は銀」ということわざが間違っているいい例と言えます。

このことわざがあてはまる場合も多いのですが、アインシュタインの父の雄弁は、このことわざに当てはまらず、いままでにないくらい、世界一すばらしい雄弁と言えるとおもいます。

皆の前で先生にすごいいやみを言われるという不幸な出来事を切り換えて、父は少年に発破をかけて、少年は後に相対性理論の発表やノーベル賞受賞という幸福なすばらしい事をやってのけました。つまりマイナスの事を転換してプラスの事を実現しました。

いじめられるというみじめな不幸な出来事を、そのままで終わらないで切り替えて、真理の発見という、すばらしい幸運な将来を実現するという事をやってのけたという点が偉いと思います。

9

明治維新のちょっと前、徳川家に嫁いだ薩摩藩の養女篤姫さまは、将軍に死なれ、養子の家達を、徳川を継ぐものとして厳しく育て上げることが生きがいというか目的でしたが、子供が大人になると生きがいや目的を失い空の巣症候群という、うつのような精神の病気になりました。篤姫さま（天璋院（てんしょういん）と名のった）は、目的を持たないで酒におぼれ、酒を大量に飲み、家に帰るということになりました。そしてお風呂に入る時つまずき、フトンに入る時つまずくというヒートショックのような状態になりました。

ヒートショックとは、寒い廊下からあたたかいお風呂に入る時、血圧が上がって脳出血をおこすことで、毎年交通事故の4倍の人が亡くなっているそうです。天璋院さまも、それで47歳で亡くなっています。

晩年酒を飲まなければ、もう20年~30年生きたのではないかと思われます。そして子育てなどを終えたあとも目的を持って生きることが、長生きするための秘訣だと思います。

10

徳川家康は、夏でもあたたかい食べ物を食べていました。それはなぜでしょう。食中毒をおそれたためです。だから73歳まで長生き出来たのです。

ストレスに遭遇した時は、飯を三杯食べて、気持ちを切り替えていたといいます。

大好物は今の納豆とはちょっとちがう浜納豆でした。糸をひく納豆ではありません。塩分が多いのできゅうりを一緒に食べて塩分を排出していました。大福寺から浜納豆を取り寄せていたそうです。大坂夏の陣でも、家来に浜納豆を食べさせていたようです。

読書家で、愛読書は『吾妻鏡』です。晩年は蔵書を1万冊くらい揃えていたといいます。『吾妻鏡』には源頼朝が天下を取るようすが書かれています。

また、「ガボール・アイ」といって脳を一緒に働かして目と一緒に見るという老眼知らずの方法を実践していたので老眼ではありませんでした。

72歳で鉄砲を目標に的中させるほど目が良かったそうです。

11

前の東京オリンピックがあった時、マラソンのアベベが優勝しましたが、彼ははだしで走りました。

その事を知って、私が小学4年生の頃に、社宅の近所の男の子に同じようにはだしで走らせました。

それをその子の親が知って、道にガラスでもおちていたら大変なことになると思い、私とその男の子をつき合わせないようにさせられたということがありました。

確かに通り道をはだしで走らせるのは危険ですが。

小さい山と書いて小山（こやま）という市町村はありません。

おやまという地名は2つあります。

1つは静岡県の富士山の東の所にあります。こちらは小山町です。

もう1つは栃木県の南部にあります。こちらは小山市です。

人名でも、小さい山と書いてこやまという人もいるし、おやまという人もいます。

5月28日に起きた通り魔事件の犠牲者は、おやまさんという男の人でした。


地方には何々富士と呼ばれる山が沢山あります。えぞ富士と呼ばれるのが羊蹄山（ようていざん）です。

富士山と比べて、その美しさはひけをとらない山ですが、富士山と比べると低いです。１８９８メートルです。

札幌から南西の方向にある、津軽富士と言われるのが岩木山です。

地元の人々には信仰の対象のようになって崇められている山です。

１６２５メートルで、春先になるとリンゴの白い花が咲きます。

12

モナコ公国の殿下の料理人は5、6人か7、8人いますが、皆男の人で、髪の毛の薄い人ばかりで、いわゆるスキンヘッドです。

清潔さのためかもしれませんが、料理に花がメニューにのることもあります。

おいしい料理を提供するために、料理人の人達は毎日工夫して知恵をしぼるようです。

休みの日は外食をしてひたすら料理の研究をするよう心がけているそうです。

6月18日の『世界ふれあい街歩き』というスペインのマドリードを見て歩くというテレビ番組で知ったことですが、画家で映画監督の男の人は、絵を描くだけでは食べていけないので、歩行者の写真をとってお金をとるというアルバイトをしているそうです。

はかり売りの本を売る店もあります。重さをはかって売るという商売だそうです。

スペイン人が日本のタイヤキという言葉を知っているのにはびっくりしました。

40年間ほぼ毎日太陽の写真をとり続けているという男の人もいました。

ある男の人が言っていました。マドリードは天国に一番近い場所だとか。


アルカイック・スマイルを知っていますか。

アルカイックとは古風なという意味で、アルカイック・スマイルは古式の微笑のことです。

古代ギリシア、アルカイック期の人物彫刻の口辺に見られる微笑を指すそうです。

13

世界一周の船旅をする場合、例えば神戸を出港して神戸に帰着する場合、世界一周する期間はどれくらいだと思いますか。何カ月くらいだと思いますか。

答えは約3カ月半です。

3人部屋の場合は、費用は150万円くらいだそうです。

1人部屋の場合は300万円くらいかかるそうです。

香港、スエズ運河、地中海、パナマ運河、太平洋、神戸に帰るというコースです。世界一周といっても、ロシアとか北極とか南米の国、オーストラリアには行けません。

これは日本の豪華客船の場合です。

クイーンエリザベス号となると、費用は400万〜500万円になるんじゃないでしょうか。

私はまだ1回も船旅はしたことがありません。ぜひしたいものです。

40年前、青森―函館間の青函連絡船に乗ったことはありますが。

船内見学会を開催している船もあります。

予約すれば、参加費千円で世界一周の旅で使用されているオーシャン・ドリーム号という客船に乗船出来るらしいです。


チェリストのロシアのロストロポーヴィチを知っていますか。彼がこういう言葉を残しているのを知っていますか。

ピアノ、ヴァイオリンを第1、第2の楽器とすれば、第3の楽器はチェロだろう。

14

松尾芭蕉が俳諧の世界に入ったのは、仕えていたお殿様が俳句をたしなんでいたからだそうです。そして、どっぷり俳諧の世界にはまりました。

そのお殿様は若くして亡くなり、芭蕉は江戸に出ました。そして俳諧の師匠になったのです。

その後、江戸の大火も経験することになり、40歳くらいに東北などへの旅に出て、次々と俳句の傑作を残しています。

松島では10泊くらいして句会を開いているのに、伊達藩領に入ると句会を開かず足早に素通りしたことで、彼は幕府のスパイではなかったのかという説をとなえる人もいます。

また、彼は弟子のいびきに悩まされましたが、その弟子も亡くなったそうです。

俳諧の第一人者は誰かとなれば、芭蕉であると皆賛成するでしょう。

第二人者は、正岡子規と言えるのではないでしょうか。

彼は東大を中退しましたが、その関係で漱石と親交があったのでしょう。

芭蕉は、奈良茶というお茶づけを好んで食べていたそうです。栗と大豆を入れたお茶づけです。カテキンの力で健康にいいそうです。


ピアニストで作曲家の西村由紀江さんを知っていますか。

豊中出身だそうです。今も豊中市に住んでいるのでしょうか。豊中のどのあたりでしょうか。

5月22日の毎日新聞の夕刊に、彼女が40枚目のピアノ・ソロアルバムを出したと載っていました。彼女のお母さんがピアノ教師だった関係で、ピアノの世界にどっぷりつかることになったらしいです。

15

4月13日のテレビを見て知ったことですが、京都を流れる宇治川の川原にはえるヨシは、春に火をつけて燃やされるそうです。

夏になるとそのヨシ原はツバメのねぐらになるそうです。

私の住む高槻でも、淀川から歩いて30分くらいの鵜殿（うどの）という所で、毎年3月にヨシ原焼きがおこなわれ、家から煙が見えます。

北海道大学に通っている学生数は何人くらいだと思いますか。答えは1万8千人です。

その北大で、冬になると鳥たちがある木の樹液を食べてお腹のたしにしているそうです。

また、エゾリスは秋にクルミを隠して、冬になると雪の中から探して食べるそうです。

三大作曲家といえば、誰だと思いますか。

文句なくいえるのはモーツァルトとベートーヴェンとバッハの３人です。
３人とも名曲２００選の中でＣＤになった曲数がとびぬけて多い作曲家です。

16

貝原益軒という江戸時代のお医者さんの書いた、『養生訓』という書物を知っていますか。彼は幼少の頃病弱だったので、長生き出来ないと言われていましたが、83歳まで生きました。平均寿命を考えると、今の年齢にすれば130歳くらいまで長生きしたことになります。

『養生訓』には、腹八分目にして、満腹まで食べてはいけないと書いてあります。腹八分目のサルと満腹までエサを食べさせたサルはどちらが老化をせず長生き出来たかという動物実験でも、腹八分目のサルが病気にならずに長生き出来たとのことです。

両手をこすって目の上に当てればいいということも書いてあります。目をあっためれば、血行が良くなって健康になると書いてあります。

また、結婚した奥さんが病弱でしたが、夫婦仲はすごく良かったらしいです。夫婦で旅行に行って記行文を書いています。これは認知症の予防にいいようです。奥さんが50歳を過ぎて更年期障害の症状が出たときには、漢方薬を処方しています。

住んでいた福岡では、がめ煮（別名筑前煮）を食べていました。当時は鶏肉を使わないで、代わりにスッポンを食べていました。62歳で奥さんが癌か悪性リンパ腫で亡くなりました。そして半年後に彼も亡くなりました。夫婦に子供はいませんでした。当時、子供が出来なければ離婚されても文句が言えませんでしたが、子が出来ないのは奥さんのせいではない、と彼は言っていたらしいです。

17

縄文時代頃、お米を食べるようになり、大陸から渡来人がわたって来ました。日本人は縄文人と弥生人の2種類に分けることが出来ます。一時的に争いが起きて亡くなった人の骨でわかるらしいです。卑弥呼が初めて日本をおさめるようになった頃のことです。

当時は野菜も多く食べられていましたが、秋から冬は野菜が採れず、どんぐりなど木の実を代わりに食べていたらしいです。桃を食べるようになり、桃は邪気を払ってくれる果物で、桃源郷という言葉もあります。

当時の人は現代人に比べて固い物を食べていたようで、アゴの骨格でそれがわかります。また、その頃大陸から結核ももち込まれて、脊椎カリエスになり悲惨な死に方をする人もいたらしいです。今も年に約2千人の人が結核で亡くなっています。

海女のような人もいたと考えられています。岩カキなども食べられていました。

昔は今のお米とちょっと違う赤米を食べていました。

イノシシが家畜化されて、その肉が食べられてきました。

津軽海峡にトンネルを掘っていた頃、普通の社員の給料が10万円だった時に、トンネルの工事をする人の給料は30万円か50万円くらいもらえたそうです。3倍から5倍も高い給料がもらえていたんですね。

18

奈良県の和歌山県との県境に近い所にある十津川村の特集を見ました。

数字の十（じゅう）という字を〝と〟と読み、三重県の首都、津市の〝つ〟、それに川〝かわ〟で、とつかわ村です。

民家の庭先を熊野古道が通っています。過疎化が進んで瀞峡（どろきょう）という川の名所にあった売店は、店主が、体力が続かないと言って店をたたんでしまいました。アユの塩焼を売っていた売店でした。

電車の駅はなく、奈良県の近鉄八木駅からバスが出ています。このバスは、終点の新宮までなんと6時間半もかけて行く日本一長い路線バスです。十津川村役場までも4時間くらいかかります。十津川村はとても広く、村を走るこの路線バスの長さも日本一です。

三人娘が出演していましたが、旦那さんに先立たれて3人ともおばあさんでした。

十津川村の祭りでは、餅まきが行われます。私は、70年生きてきて、餅まきという行事に参加したことは一度もありません。みなさんはありますか。

投げるおもちは和菓子店が作るようです。

村に一軒だけある和菓子店の店主は、心臓病で倒れて2カ月入院して、今胸にペースメーカーを埋め込んで働いています。来るお客のために店をたためないと言っていました。

店主によると、おまんじゅうにしいたけをつぶしてまぜると、上品な甘さになるそうです。

村は自給自足の生活が中心らしいです。

また、つり橋があり、造るのに大部お金がかかったようです。渡るときにはヒヤヒヤするらしいです。

19

北海道で第1の都市は札幌です。では第2の都市といえばどこでしょうか。旭川です。北海道の開拓民は石狩川の氾濫に悩まされたようです。その石狩川をのぼって行くと旭川に至ります。

大雪山系にある旭岳は北海道で一番高い山ですが、火山で、昔噴火しました。

昔はサケが今の10倍くらいとれたそうです。サケで靴を作ったそうです。

学校にその靴をはいていきましたが、なくなってしまった子がいました。ネコに食べられたそうです。しかたなくはだしで家に帰ったそうです。

北海道で生まれ育った人のことを何と言うか、知っていますか。道産子（どさんこ）と言います。

アイヌの人はかわいそうです、先住民なのにしいたげられています。そう思いませんか。

白洲次郎さんを知っていますか。

戦後、ＧＨＱと物おじしないで対等に応対した人です。また、文化人でもありました。

白洲正子さんを知っていますか。

白洲次郎さんの奥さんです。

その正子さんは、相当の教養のある文化人です。２千坪の家に住み、10冊か20冊くらいの著作を残しています。

枕草子を丸暗記しているほどの学識がありました。80何歳かで亡くなり、亡くなってから20年くらい経ちます。

20

若い人が新聞を読まなくなっているので、今は昔と比べて発行部数が減っています。

テレビを見て知りましたが、保守的な新聞は読売新聞、産経新聞で、現在の政権に批判的なのは朝日新聞、毎日新聞です。

池上さんは偏ってもいい、同じだったらそれは恐いと言っています。

放送法でテレビ、ラジオは公正であることを求められています。

だから偏ってはいけません。

新聞には論説委員がいますが、テレビは解説員がいます。

池上さんは見出しだけ読むらしいです。

大病院は紹介状なしで行くと初診で5千5百円とられます。

100歳以上の人の8割が女性で、残り2割が男性だというは、「男の人の方が女の人よりも体が大きいから長生き出来ない」ということをあらわしていると思いませんか。体の大きい人よりも体の小さい人の方が長生き出来ると思うのですがどうですか。きんさん、ぎんさんの例のように。

ラーメンを食べる時、汁まで全部食べますか。
私は2~3割飲んで、7~8割の汁は残します。
理由は、汁は塩分が多く入っていて、塩分のとりすぎになるからです。

水木かおるさんという作詞家がいますが、男か女かわかりません。「泣いた女がバカなのか、だました男が悪いのか」という歌詞を見ると、男の人じゃないかと思われます。調べてみると、やはり男性でした。
この歌は『東京ブルース』で、歌ったのは西田佐知子さんです。

21

2月26日に、テレビ番組で、24日に亡くなったドナルド・キーンさんの特集を見ました。彼は110冊の本を出しました。

2011年、東日本大震災で多くの外国の人が日本を去る中、帰化して、日本人になりました。

彼が日本文学に興味を持ったきっかけは、本屋で『源氏物語』の英訳を読んだことです。三島由紀夫、安部公房、太宰治、小田実、石川淳らの作家と彼はつき合いました。彼はウイットに富む話し方で、茶目っ気のあるジョークを言いました。若い頃はピリピリとした寂しさがありました。

アメリカ人は兵隊に日記を書くなと命じていましたが、日本人は日記を書きました。日記は最高傑作であると、彼は言っています。

日本人ならためらうであろう、明治天皇の評伝も書いています。

彼は、1万冊の本を読んだ結果、指が曲がってしまっていました。

彼は、日本の文豪に愛されましたが、それには理由がありました。

彼は昭和28年に来日して、日本文学を世界に広めた功績があるからです。さらにノーベル文学賞を日本人に引き寄せた功績があるからです。

彼は、川端康成、谷崎潤一郎、三島由紀夫の三人を、ノーベル文学賞を受賞する候補者だと思っていました。その中でも、三島を最も評価していて、三島が受賞すると思っていました。

谷崎はすぐに亡くなり、他の二人はともに自殺しました。

最近の彼は、年をとったせいか、日本語がたどたどしかったです。昔、若い時はもっとすらすら話していたのでしょうか。彼は多くの作家とつき合いましたが、戦争のことをあまり話しませんでした。

彼が死んで日本に残したものはいったい何だったのでしょうか。

作家の平野啓一郎は、三島の再来と言われています。

22

・5月26日土曜日、テレビ番組で池上彰の番組を見ました。日本はアメリカとかイギリスのように民主主義国家じゃなくて、準民主主義国家だと言っていました。

選挙の投票率が50%ぐらいしかない、また女性の参政権が低いという2点で、準民主主義国家だということです。

確かにその程度だと、準民主主義国家と断定されてもしょうがないと納得しました。

・5月29日のテレビで知ったのですが、スペインのグラナダという所にアルハンブラ宮殿があります。グラナダはアフリカ大陸にすごく近い所にあります。

アルハンブラ宮殿を建てたイスラム教徒は、敵を攪乱させるため、ふもとの土地を複雑に入り組んだ構造にしました。しかし、キリスト教徒に攻められ降参しました。そして、すばらしい建物だけが残りました。

スペインはフラメンコの本場です。

子供達がレモネードを立ち売りしています。修道女はスイーツを売っています。10歳くらいの妹姉の妹に何になりたいかの夢をきくと、4つもなりたい職をあげていました。そのうちの1つは、犬やねこなどの動物が好きだから、獣医師になりたいとのことでした。

二人ともスペインの子らしく、フラメンコをおどれるようです。

23

横山秀夫という作家を知っていますか。横山さんはしばらく沈黙していたので、死亡説がながれていましたが、7年ぶりに長篇小説を出版しました。題名は『ノースライト』で、日本語に訳すと〝北の光〟という意味です。

偶然ですが、浪人して北大に受かった3月のある日、札幌での下宿先を探していたとき世話をしてくれた、札幌の大通りの北光教会（ほっこうきょうかい）に後で、あいさつに行きました。教会では、年配の女の人が応対してくれました。西田愛さんという男の牧師さんは、留守でいませんでした。

ノースライト（北の光）という単語で、北大生の頃を思い出しました。

シンシアって誰のことか知っていますか。

40年前くらいに活躍した、沖縄出身の歌手、南沙織の愛称です。

知っていましたか。

『17歳』というデビュー曲がヒットし、その後も何曲かヒット曲を出しました。通っていた上智大学での学業に専念するということで、人気絶頂の中、引退しました。引退後、写真家の篠山紀信さんと結婚しました。その後、今まで1度もテレビに出ない、という徹底ぶりです。

彼女の息子の一人は、今テレビでレポーター役などして活躍をしています。知っていましたか。

24

明治維新の頃、維新の功労者が何人も暗殺され、治安回復が急務でした。その頃、西郷隆盛は川路利良（かわじとしよし）を警察の幹部に抜擢しました。そして川路氏はついにトップである警視総監になり、のちに警察の父と呼ばれました。鹿児島県には川路氏の誕生の地の碑や銅像があります。


女性の作曲家を4人あげます。4人とも知ってますか。

女性の作曲家はきわめて少ないです。

まず、クララ・シューマン。シューマンの奥さんでピアニストであるこの人は、作曲家でもあります。

メンデルスゾーンのお姉さんも作曲をします。

そしてバダジェフスカ。『乙女の祈り』という曲を作曲しています。北欧というかロシアの人の名前っぽい名前ですが、ポーランド人です。

この人は本国ポーランドではあまり有名でなく、あまり知られていないそうです。

最後にシャミナードという女性作曲家です。『スカーフの踊り』というピアノ曲が有名です。

この女性たちの名前、初耳ですか。

25

『いがらしばんすい』という俳人を知っていますか。多分知らないいんじゃないかと思います。いがらしは、ごじゅうあらし（五十嵐）と書いていがらしと読み、ばんは「種を播く」のまくをばんと読み、すいは水と書きます。

彼はお医者さんでもあり、俳人として活躍しました。

１０１歳で亡くなっています。

五十嵐といえば、タレントで五十嵐淳子さんという女の子をテレビでよく見かけましたが、今はテレビに出ていません。俳優の中村雅俊さんと結婚したらしいです。知っていましたか。

2月23日、テレビで知ったのですが、高槻市では20人に一人の割合で障がい者手帳を持っているらしいです。

障がい者の特典は市バスがただになり、また美術館でも障がい者手帳を見せればただになることです。

ノクターンと言えばショパンの作品が有名ですが、フォーレもノクターンを13曲書いていて、特に第6番は最高傑作の1つにあげられています。

フォーレと言えば、レクイエムが一番有名ですが。このことは知ってましたか。

ノクターンとは夜想曲(やそうきょく)のことです。

アイザックと言えば誰のことかわかりますか。

ニュートンの名前です、あの万有引力を発見したニュートンのことです。

沈丁花、じんちょうげは中国原産の早春に咲く花で、香りが強いらしいです。

知っていましたか。

26

9月4日のテレビ番組を見て知ったのですが、イギリスの中部の湖には、パイクという1メートルくらいの巨大魚が住んでいて、水の中にひそんで近くにいる小魚を丸呑み込みするらしいです。いわば湖のぬしのような存在です。

日本にいるイトウという大きな魚にちょっと似ていると思いました。

パイクという魚、知っていましたか。


NHKの『ららら♪クラシック』で見たのですが、19世紀の作曲家ブルクミュラーさんを知っていますか。『ピアノのための25の練習曲』という初心者向けのピアノ練習曲を書いています。

『アラベスク』『スティリアの女』『さようなら』など、1つ1つにタイトルがついています。

ゲストの平山あやさんも、子供の時ピアノをならっていて、25の練習曲をひきおわったら達成感がすごいと言っていました。

ブルクミュラーさんにはピアノの練習曲以外に別の顔がありました。それはバレエの作曲家です。

ピアノが楽器の王様と言われるのにはもっともな理由があります。

他の金管楽器の表現の大きさをカバーするという特長があって、王様と言えます。

また、ペダルがあるため、たった一人で違う表現ができるという長所があります。

27

ソドレミで始まる名曲が圧倒的に多いです。

それも人気曲が多いです。ソドレミで始まると勢いが出るしドラマティックになります。

『水上の音楽』とかブラームスの『大学祝典序曲』は、ソドレミで始まります。

短調でソドレミで始まるのはサラサーテの『ツィゴイネルワイゼン』とか、ショスタコヴィッチの『交響曲第5番』とか、スメタナの『わが祖国』などもそうです。

『銀河鉄道999』や、『サソリ座の女』もソドレミで始まります。

『千の風にのって』も、バッハの『パルティータ第1番』もそうです。


高槻市のマスコットキャラクターは、はにたんと言うんですが、豊中市のマスコットは何と言うんでしょうか。また、高槻の名物はギョーザによく似たうどんギョーザというものですが、豊中の名物は何でしょうか。

30年前、高槻市の名物は冬籠（ふゆごもり）、夏籠（なつごもり）という和菓子だったのですが、作っていた天保8年（一八三七年）創業の田辺屋が閉店してしまって、今では買うことも、食べることもできません。残念なことです。

読売新聞で『時代の証言者』という、今生きている人が有名人になるまでの履歴を30回くらいにわけて、週5日連載しています。とても興味深いです。

森進一の歌った『襟裳岬』という歌で、「襟裳の春は何もない春です」という歌詞がありますが、おかしいと思いませんか。何か1つか2つはあるでしょう、作詞の岡本おさみさん。

28

沖縄の自然の森は山原(やんばる)と言われています。この森は貴重な生き物の宝庫になっています。ホリイコシジミというチョウは、日本で一番小さいチョウとも言われています。ハブを退治するためにマングースを導入したのですが、今はマングースを捕獲するために全力をあげています。

アメリカから返還された森は、訓練でアメリカ兵は沖縄のその地をごみ箱とみなしてゴミを捨てたのでしょう、あちらこちらでゴミが見つかっています。

沖縄では、ブナガヤという妖怪や、森の精霊といわれているキジムナーという赤っぽい髪色の子供の妖怪を現地の人々は見かけるそうです。

福をもたらす小魚をとれば高く売れるので、海に仕掛けをつけてその魚をとるそうです。

これまでも、本当によく台風が沖縄にやってくると思いませんか。

大なり小なり家屋に被害をもたらすので、修理費用がかかってかわいそうです。

29

チャイコフスキーの『ピアノ協奏曲第一番』を演奏して、コンクールで2位を受賞したロシア出身のゲニューシャスというピアニストがいます。

この曲は静かな部分もあります。

チャイコフスキーは、作曲時、この曲を「何かの曲」ではなく、「何かの歌」として聞いてほしいと思っていたようです。

新日本フィルハーモニー管弦楽団で、物集女（もずめ）という変わった姓の女性がコンサートマスターをつとめています。

歌手の太田裕美さんのヒット曲『木綿のハンカチーフ』という曲を知っていますか。また、俳優寺尾聰さんのヒット曲『ルビーの指環』を知っていますか。2曲とも、作詞家の松本隆さんが作詞したということを知っていましたか。

松本さんは、70代か80代くらいの方だと思いますが、今もご健在です。

２０１８年7月20日の読売新聞に、松本さんの記事が載っていました。

松本さんは70代でも80代でもなく、当時69歳でした。松田聖子さんの『瑠璃色の地球』の作詞も手がけました。


家の近くに、「かに八」というカニ料理店がありますが、7月21日、ここの駐車場の横を通ったら、そこにはまだ青いトマトがたくさんなっていました。

私の子供時代、小学校４年生から高校３年生まで、私の家には広い庭がありましたが、トマトを作っていたという記憶はありません。

30

ハンガリーという国の首都・ブダペストですが、ブダとペシュトという町が合併してブダペストになりました。ハンガリーという国の中を流れているドナウ川は、ドイツ南部に端を発します。ドイツからハンガリーへと川を下る舟もあるようです。

ブダペストは、「ドナウの真珠」と呼ばれている素敵な町です。

ハンガリーと日本で同じことがあります。それは名前です。名字の後に名前がくるということ、ヨーロッパ諸外国ではこのことはきわめて珍しいことだそうです。

ルービック・キューブはハンガリーの建築家が発明したものです。このこと知っていましたか。

テレビである市場を中継していましたが、そこで取材を受けていた老婦人は、近くの森でキノコを採ってきて、自宅でキノコ料理をするそうです。毒キノコを食べないように、市場のキノコ鑑定士さんに無料で見てもらうそうです。選別してもらったキノコは、パプリカと一緒に料理するそうです。

作曲家のバルトークもハンガリーの出身です。知っていましたか。

セグウェイという機械を知っていますか。

人が立って乗って、歩く速さと同じくらいのスピードで進むものです。それをテレビで見ました。セグウェイもなかなか、多くの人々に普及しないですね。どこが悪いのでしょうか。

31

平均寿命のナンバーワンは、昨年まで長野県が男女ともに占めていました。今年の男の平均寿命は、滋賀県が1位です。

川魚の店を訪ねました。鯉は300年生きるとも言われています。鯉のあらいという料理があります。鯉で有名な佐久市では、料理で鯉は捨てるところがないと言われています。

105歳のおじいさんは耳が遠いですが、朝6時から（将棋の）ゲームをしています。

戦時中はサイパンに行きました。

俳句をやります。

趣味や勉強があれば長生きできます。

生きがい（83歳の人）は消防マニアです。私の母のように、寝るのが趣味というのはだめです。

何か生きがいや趣味を持ったり、または生涯現役で働くことです。

長野でおやきをつくっている最年長者は93歳らしいです。

信州人は野菜が大好きです。

ある老人は温泉を見つけました。

本来ならば、温泉旅館をつくるのに2億円かかるのですが、5千万円でつくることができました。ラッキーです。長野は温泉王国です。


ハチは悪者にあらず。

長野県の蜂天国という施設では、ハチとの共同作業で作ったスズメバチの巣の芸術品が1600個展示されていて、見事なものです。

32

何新聞をとっていますか。私は読売新聞をとっています。その中で、「時代の証言者」というコーナーがあります。ある分野の著名人が、少年・少女時代から第一人者になるまでをまとめた連載コラムです。4月27日からは、音楽評論家の湯川れい子さんの連載が始まります。

昭和十一年生まれで現在81歳ですが、少女時代から、プレスリー、ビートルズ、ストーンズなどの洋楽やジャズが好きで、新聞に「湯川れい子」のペンネームで投稿していました。

本名は、湯野川和子といいます。湯川れい子という名前は占い師さんにつけてもらったそうです。その湯川さんが今、自分の少女時代を振り返って「ジャズ評論なんて生意気にもわかったつもりで投稿していた当時の自分を思い返して、冷や汗が出る」と言っています。

湯川さんのお母さんは、戦争で夫と長男を亡くしているそうです。お母さんは、なんとか彼女に、どんなことでもいいから一本立ちしてほしいと強く思っていたそうです。また、松本伊代やアン・ルイスの歌の作詞をしたりしているそうです。そして、間違いでなければ、C型肝炎をわずらっていたと思うのですが、もう治っているようです。

33

フェノロサを知っていますか。アメリカの東洋美術研究者です。来日して東大で哲学を教えながら、日本美術に深い関心を寄せ、岡倉天心とともに東京美術学校を創設し、ボストン美術館員として日本美術に意を注ぎました。そして、仏教徒となって日本に骨をうずめました。このことを知っていましたか。名前は『広辞苑』にも載っています。

ベートーヴェンの『エリーゼのために』という曲は、実はテレーゼという女の人に捧げられた曲ですが、何かの間違いでエリーゼという違う名前になったようです。彼は、よく難しい曲を作る人ですが、この曲はやさしく、そしてロマンチックです。

ショパンの『別れのワルツ』という曲は、ワルツらしからぬワルツ曲で、さびしげな曲です。

メンデルスゾーンはユダヤ人の裕福な家庭に生まれ育ち、姉と禁断の愛というか、近親愛の姉弟愛でした。無言歌という音楽のない歌の曲で、姉と類似な個所が多くあります。

34

テレビで、『ドラえもん』を見たことがありますか。

ヴァイオリストの高島ちさ子さんは、よくドラえもんを見ていたらしいです。私は1回も見たことがありません。

今の50代、60代の大人は皆『ドラえもん』を見たことがあるのが、普通というか常識なのでしょうか。私のように、1回も『ドラえもん』を見たことがないのは、異端と言えるでしょうか。

私は世間ばなれしていると言われますが、ロシアの作曲家のプロコフィエフは知っていますか。彼の古典交響曲を知っていますか。聞いたことないですか。私はレコードでもっていましたし、またCDでももっています。

この曲は、ハイドンの交響曲の作曲の仕方にのっとり4楽章からなっていますが、1楽章が4分くらいと、スピード感のあるはやい曲ですので、全体で15分という短い時間の交響曲です。

組曲『三つのオレンジへの恋』の中の行進曲がすばらしいですが、このことは知っていましたか。

ニールセンという作曲家を知っていますか。

彼の交響曲第4番の副題に、「不滅」という名前がついています。カラヤン指揮のものを、CD店で買ったことがあります。

高槻市では1月中旬か下旬に、ハーフマラソンといって、21キロの市民マラソンを実行するのが毎年の慣例です。私は一度も走ったことがありませんが、もう30年くらいは続いている行事です。

35

エルガーの名曲『愛のあいさつ』は、自身の婚約を記念して作ったものです。アリスが詩をプレゼントしたのに対して、エルガーはこの曲をプレゼントしました。エルガーは当時、失恋の痛手を引きずっていました。皆に結婚を反対されたのです。上流階級と下流階級の違いや、宗教の違い、アリス40歳、エルガー32歳と、年のちがい。アリスはカトリックに改宗しています。

エルガーのスランプの解消に力をかしました。また、住まいをかえたりしました。エルガーは言っています。新しい生活がどんなにいいものかを。アリスは先に亡くなり、エルガーはショックを受けました。

パダジェフスカの『乙女の祈り』は、当初100万部をこえるミリオンセラーになりました。22歳の時でした。むずかしい曲ではなく、上品な曲です。ですが今、ポーランドでは彼女のことは忘れられて、お墓は荒れ放題になっています。

彼女は本屋に自分の曲を売り込みにいっていました。5人の子を産み、育てましたが、32歳の若さで亡くなりました。彼女の曲は、この曲を含めて4曲のみが残っているそうです。

36

ショスタコヴィチというと、近寄りがたい人のように思われていますが、『ワルツ第2番』という、ロマンスのような映画音楽も30曲くらい作曲しています。プロコフィエフと違って、彼はロシアにいつづけました。

彼の作曲は、金管楽器が活躍しすぎと言われました。毎年映画音楽を作曲しましたが、特に『ワルツ第2番』は、美しいにおいを感じると言われています。リズムを工夫していて才能があると感じます。

楽団員にアコーデオンのような楽器をひく女の人がいました。女の楽団員は珍しい存在でした。

当時はスターリン全盛の時代で、ソビエト共産党中央機関紙の『プラウダ』は、「音楽のかわりに荒唐無稽」という表題の社説を掲載しました。そのなかで、ショスタコヴィチの『ムツェンスク郡のマクベス夫人』をブルジョワ的だと批判しました。その結果か、交響曲第5番『革命』を作曲しています。その後彼は、家族を養うために映画音楽を作ることになります。『ロマンス』は美しい曲で、神尾真由子さんがヴァイオリンをひいています。作曲家は長生き出来ないのか、ショスタコヴィチは68歳で亡くなっています。交響曲第5番は、私の5本指に入るぐらいの名曲です。

37

武満徹さんは、世界でもっとも有名な作曲家と言われました。作曲した『ノヴェンバー・ステップス』は琵琶と尺八が共演しています。

また、合唱曲も沢山作曲しました。

武満徹さんは、美しい合唱曲も沢山作りました。１９３０年生まれで、埼玉県に疎開してシャンソンに感動して音楽家になりたいと決心しました。独学で音楽を学び、愛、希望、祈りをあらわしました。

ギタリストの荘村清士さんが、電話帳で番号を調べ電話して交際が始まりました。武満さんは、荘村さんがもっと酔いしれて弾けばいいのにと思ったそうです。荘村さんは『ギターのための12の歌』を作曲しました。また、『オーバー・ザ・レインボー』を編曲しました。彼はビートルズが大好きで『イエスタデイ』も編曲しています。

合唱曲を指揮する人は、タクトを使わずに両手で指揮しています。

詩人の谷川俊太郎さんの詩で、「むずかしいことばは　いらないの」という言葉があります。

38

今日の『ららら♪クラシック』は、リヒャルト・シュトラウスの特集でした。代表曲には、交響詩『英雄の生涯』などがあります。作曲家、指揮者、ピアニストとオールマイティに活躍したので、「音楽家」と呼びたいとR・シュトラウス研究者の広瀬大介は言っています。

シュトラウスは85歳で亡くなります。恐妻家で、師弟関係から結婚しました。歌曲『夕映えの中で』は辞世の歌です。生涯に250曲も作っているのは、歌手だった奥さんのおかげかもしれません。広瀬は言っています。「本物はおもしろい」と。

シュトラウスは午前9時に作曲の仕事をして、奥さんのパウリーネと散歩に出ます。ひばりを題材にして、死という言葉で終わっています。田舎が登場します。

シュトラウスが亡くなり、その一年後に1つ年上の奥さんも後を追うようにして亡くなります。日本の夫婦の場合も、どちらか一方がなくなると、もう一方が後を追うようにして亡くなるというのは、よくある死に方のパターンです。

39

ポルカは、1830年頃ボスニア（チェコ）に起こった四分の二拍子の軽快な踊りです。ウィーンフィル・ニューイヤーコンサートでワルツとともに演奏されます。ポルカは3分ほどで短いですが、元気に盛り上がる曲です。

トリッチ・トレッチ・ポルカなどもウキウキする音楽です。題名も変わっています。『冗談ポルカ』や『百発百中ポルカ』など。市民の舞踊会ではやりました。

ヴァイオリニストの古澤巌さんは、ベルリン・フィルハーモニーとも共演しています。エネスクの『ルーマニア狂詩曲』をひきました。全国のお寺で奉納コンサートもやっています。

また、合気道を行うなど多彩な趣味をもっているのも、ヴァイオリンをうまくひくためです。さらに、楽器の音を最大限に引き出すために、チェロの弓でヴァイオリンをひいています。

湯河原のラーメン店によく行くそうですが、行くたびにちがう味を頼んでいるようです。

番組のラストに、ラフマニノフの『ヴォカリーズ』をひいてくれました。

40

人生の目的として、すばらしいよい思い出をたくさん作ることが大事だと思います。

例えば、家族とハイキングに行ったりとか、友達と喫茶店でコーヒーを飲みながら談笑したりとか、名作を読んで感動したりとか、趣味ならクラシックの名曲を聞いて感動したりとか、美術館で名画を見て感動したりという至福の時を過ごすことが大切です。

また、好きな物を食べたり飲んだりするのもいいでしょう。反対に、よくない思い出というか悪いことを経験しても、それを辛抱すれば、将来よい事があると信じればいいと思います。このことは、私の経験から言えます。

人は何歳まで生きられると思いますか。

１２５歳です。１２５歳が生きられる限界です。実際に、ここ10年か20年の間、長生きした人は１２５歳くらいで亡くなっているので、１２５歳が正解です。私は、１１０歳か

120歳くらいまで生きるのが目標です。

今74歳ですから、あと40年くらい生きたいです。125歳まで生きることに対しての一番の敵はがんにかかることです。

41

ロマン・ロランというフランスの作家を知っていますか。人道主義者として活やくし、長篇小説『ジャン・クリストフ』や『魅せられたる魂』などを書き、ノーベル文学賞を受賞しました。私が彼を知ったのは、受験雑誌『高校コース』で、高校生の時『ジャン・クリストフ』を買いました。残念ながら読んではいません。

その後、『魅せられたる魂』を買おうと思いましたが、とうとう買わずじまいです。長編小説は、読もうとすると時間的にしばられたりして読み始めるのに抵抗があり、しりごみしてしまいます。読むのはいつになるかと思っています。

『ジャン・クリストフ』は人の名前のようです。私の姉は国語が得意ですが、外国文学はあまり読んでいないようです。私は高校時代、シェイクスピアとかバルザックとかブロンテ姉妹とかを読みました。不得手科目の国語を克服するために力を注ぎました。彼の影響もあるのか、大学では第2外国語としてフランス語をとりました。

『魅せられたる魂』には、生きてきて何か魅了されるような、すばらしい心というか、精神のことが書かれているのでしょうか。読んで得をしたというか、すごくよかったと思わせるような内容の本なのでしょうか。作者は、「私のこの本を読んでもらいたい」と誘っているると思います。読んで感動させられるような内容なのでしょうか。読んでみないとわかりません。

42

サン＝サーンスは皮肉屋で嫌われものと言われていました。『動物の謝肉祭』は皮肉がこめられています。オッフェンバックの『天国と地獄』をパロディにしたものです。オペレッタはオペラを皮肉った娘であると言っています。彼は余計な一言を言ってしまうので、ドイツのコンサートで大ブーイングをうけます。彼は天才であり、いろいろな分野に精通していました。20年間、オルガニストをつとめました。オルガンは創作意欲を刺激してくれる楽器であると言っています。

普仏戦争でフランスはやぶれ、ベートーヴェンに匹敵するような交響曲を訴えました。彼は交響曲にオルガンを使って、フランスの傑作となるこの曲を半年で完成させました。フランスにはベルリオーズという交響曲を書く作曲家がいます。『ららら♪クラシック』で、司会の高橋克典さんは、皮肉屋だけど熱いものがあると言っていました。

この曲を父に聞かせたことが思い出です。『動物の謝肉祭』を、父はちょっと変わった曲だと言いました。

43

横浜市の小学3年生の平田永久（とわ）。

とわという漢字は、永久歯の永久（えいきゅう）という字を充ててとわと読むようです。

その子が2年生の読書感想文全国コンクールで内閣総理大臣賞を受け、皆に「すごい」と言われうれしかったのですが、その後が困ったそうです。「またほめられるものを書かねば」と思ってしまって、普通の遠足の感想も書けなくなったそうです。見かねたお母さんは、数行書いただけでその子をほめました。

毎日小学生新聞で、「時間とは何か」という記事を見たのはそんな時でした。そこには、「今日は、一瞬で過去になるから、今というものはない」と説いてありました。昔のインドの哲学者の話が書いてありました。これはまちがっていると思います。過去と未来という2つの時間の間のものとして、「今」ははっきり存在すると思います。そう思いませんか。

その後、その子の読書感想文「わくわくがとまらない」は、その年の毎日新聞社賞に選ばれたそうです。去年、初めて内閣総理大臣賞をとったあとのストレスというか悩みを、見事はねかえして毎日新聞社賞をとったと言えます。

私は小学生の時、宿題の読書感想文をうまく書けず、その本のあらすじを書いてしまったことを思い出します。平田永久さんはすごくいい名前で、名前負けしていないと思いました。

44

大正天皇陛下即位の式の晩餐会で出たのが、意外にもザリガニでした。現在では、ザリガニは好んで食べられているそうです。また、牛の骨髄はうまみを醸し出す食材として食べられました。そして昭和天皇の料理長として、秋山徳蔵さんが天皇に料理を出したそうです。天皇陛下から、特にこれを食べたいという所望というか、リクエストはなかったそうです。徳蔵さんが常に残念に思っていたことは、台所から食堂まで250メートルも離れていたため、運んでいる間に料理が冷めてしまう点です。一度だけ、揚げたての天ぷらを陛下に召しあがっていただいたことがありました。

そして、徳蔵さんが84歳で引退する時に陛下にご挨拶にいった際、陛下から労いの言葉をかけられ、感極まってその場で大泣きをしたそうです。徳蔵さんは、その1年半後に亡くなります。

陛下が内臓のがんをわずらったのは、徳蔵さんの後を継いだ料理長の責任かはわかりません。

番組に出演した関根勤さんが子供の頃、ハチの子を食べてすごくおいしかったと言っていました。いわゆるゲテモノぐいの部類です。

陛下が甘い物を大好きかどうかはわかりません。

45

19世紀のオペラ界を絶対的な力で制圧した、ふたりの巨匠と言えば誰だと思いますか。ワーグナーとヴェルディです。

9月9日、三大レクイエムのひとつ、ヴェルディのレクイエムを買いました。あと二人、誰か言えますか。モーツァルトとフォーレです。

カラヤン指揮、ウィーンフィルハーモニーでヴェルディは、カラヤンにとって特別の存在で、買ったのは2度目の録音をカラヤンがしたものです。収録時間が87分なので、CD2枚になります。怒りの日のところになると大音響がとどろきわたります。どのレクイエムもそうですが。ヴェルディのレクイエムを買って、フォーレもモーツァルトも買って、これで三大レクイエム全て買ったことになります。

どうですか。三大レクイエム、三枚とも持っていますか。

「梅田のタワーレコードで買ったのだけど、CD買うとなるとあそこしかないわ」

「他にＣＤ買えるところ知っていますか」

46

人見絹枝（ひとみきぬえ）という、オリンピックに出て日本人として初めて銀メダルをとった女の人を知っていますか。岡山の方で、岡山には銅像があります。細い目をしていて、身長169センチメートルという長身の方でした。

20歳くらいで、陸上競技の種目でいい成績をおさめるなど頭角をあらわし、オリンピックに出場します。当時、陸上競技で注目された初めての女性だったようです。

1928年のアムステルダムオリンピックでは、100メートルなど短距離で敗れ、ラストに挑戦したのが800メートルでした。ゴール手前で前の選手を抜いて、2位になりました。ゴールして意識を失うくらい必死でした。

帰国後、後人のために奔走しましたが、肺炎のため24歳で夭折しました。

母校にはデスマスクが残っているそうです。また、チェコのプラハには彼女の記念碑があるそうです。

彼女は結婚が出来ず、自分の子を持てなかったことは無念であったと思います。同じ岡山出身の学者が子供の時に、彼女を不幸な人の銅像だと聞いたそうです。天寿を全う出来なかったことで、不幸な人と言われたのでしょう。

『広辞苑』に、日本人女子でオリンピック初のメダリストとして載っています。

47

「戦艦大和の最後」というテレビ番組を見ましたか。

船内にはベッドも冷房もありました。ボイラーの熱で、船内はすごく熱かったようです。食事では、カレーの日が週に1回必ずありました。アメリカでは酒を船に1つも積んでいなかったらしいですが、大和はビールから日本酒まで飲めました。カレーは認知症の予防になるようです。

また、海水ブロといってフロにも入れたようです。海水ブロを再現するには、重曹を30～40グラム入れればよいです。

当時、最も多かった病気は何だと思いますか。虫すい炎です。ストレスで盲腸になる人が多かったそうです。船内に手術室はあったようですが。

ラムネを作るキカイを積んでいて、船内でラムネが飲めました。大和を見て、島のようだと思いました。そのくらい多くの人が乗っていて、大きな船でした。

モーツァルトが生まれたオーストリアのザルツブルクについてですが、「ザルツ」は潮という意味です。ザルツブルク周辺では岩塩がたくさんとれます。この辺りを治めていた大司教が、この塩を売って大もうけしました。そのため、ザルツブルクに大聖堂のような大きな教会を5～6つも建てたようです。

今、このザルツブルクに、モーツァルトの名前をつけた音楽大学があります。カラヤンも学んだそうです。

著者プロフィール

本田 健一（ほんだ けんいち）

昭和22年１月22日　東京生まれ。
昭和40年　豊中高等学校卒業。
昭和41年　北海道大学入学。
昭和44年　北海道大学中退。
著書：『歴史に何を残すか』（2020年　文芸社）

人の一生の考察

2021年７月15日　初版第１刷発行

著　者　本田 健一
発行者　瓜谷 綱延
発行所　株式会社文芸社
〒160-0022 東京都新宿区新宿１－10－１
電話 03-5369-3060（代表）
03-5369-2299（販売）

印刷所　株式会社平河工業社

ISBN978-4-286-22695-8